念力恋愛

笹 公人

絵・水野しず

幻冬舎

目次

［はじめに］

恋は念力

インタビュアー（以下・Q）：今回はまさかの恋愛歌集!!　どうしてこんなことになったんですか？　笹さんといえば、お笑い短歌、SF短歌、オカルト短歌とか謎のジャンルで語られることが多いので、恋愛短歌と聞いてびっくりしました。

笹　公人（以下・笹）：たぶん僕が一番びっくりしてますよ。自分は、青春短歌や相聞歌からいちばん遠いところにいる歌人ではないかと思ってましたからねぇ……。

Q：どういう経緯で、この企画が立ち上がったのですか？

笹：この本ができた経緯については、プロデュース・編集の石黒謙吾さんの解説文に譲りますが、意外なことに、自分の代表作って恋の歌が多いんですよね。石黒さんはそこに目をつけたんじゃないかな。

Q：このあたりの歌ですか？

「修学旅行で眼鏡をはずした中村は美少女でした。それで、それだけ」

笹：そうですね。

Q：それで108首すぐに決まった感じですか？

笹：いや。それじゃたんなる旧作のアンソロジーになっちゃうから、旧作は半分くらいに厳選して、それ以外は書き下ろしました。

Q：それは大変でしたね。書き下ろしの恋の歌もやっぱり妄想ですか？

笹：だいたいそうですね。恋愛経験が乏しいから妄想に頼るしかない。

Q：なんかポカリスエットのCMみたいにキラキラしてる歌もあって、笹さんどうしちゃったの？　と思いました。本当はああいう世界観、苦手でしょう？

笹：まあね。でも、あんな水しぶきが舞う中で、みんなで歌ったり踊ったりしてる高校生なんて、ほんとにいるのかな？　フィクションの世界じゃないかな。水しぶきをくぐるのは、フルーチェのCMだけにしてほしいよ。

Q：古いっ！　ああいうキラキラした映像を作る人って、やっぱり輝かしい青春を送ってきたんでしょうかね？

笹：いや、逆だと思うよ。ああいう青春を送りたかったっていう怨念が、キラキラした青春幻想みたいな作品を作らせるんじゃないかな。よく仲良し家族みたいなドラマを作る人に限って、家族に恵まれなかった場合が多いじゃない。逆なんだと思うよ。だから、ポカリスエットのCM作ってる人も、案外暗い青春を送ってたんじゃないかな。

Q：なるほど、そういう意味では、笹さん、今回作るの楽だったでしょう？（笑）

笹：うるせー。たしかに青春時代はひじょうに暗かったし、オクテで彼女も全然できなかったけど。それでも、主に片想いだけど、恋をしてた頃によく聴いてた曲を久しぶりに聴いて、あの頃の感覚に戻そうとしたりして、がんばりました。

Q：戻れましたか？

笹：多少ね。いろんなトラウマを思い出したりもして。自分の中にある、そういった報われなかった恋や報われた恋、傷ついた恋や傷つけた恋、少ない恋愛経験から絞り出した恋の残留思念がこの本を作らせたのかもしれません。

Q：妄想ラブレター４編に出てくる人たちの執着も凄いですね。

笹：執着を超えて妄想の世界に入り込んじゃった人たちですね。４人とも何がなんでもこの人を手に入れたいという執念のあまりモンスター化しちゃった人たちです。貿易会社の会長だけはちょっと違うかもしれないけど。

Q：そもそも住んでる世界が違うから結ばれるのは無理でしょうって思うんですけど、あの人たちは、実現に向かって全力で動くのですね。

笹：ごく稀に、スターがファンと結婚したりするでしょう。縁の問題だからなんとも言えないけど、執着すればするほど恋の成就を遠ざけるという法則を、風変わりな人物をモデルにして描きたかった。この４人はかなりキモいけど、誰でもあの10分の１くらいなら、ああいう情念を秘めているのではないかと思っています。「追えば逃げる、逃げれば追う」という恋愛心理がありますが、わかっていてもなかなか実践できないのが人間。そんな人間の悲しさを珍妙なシチュエーションで描いてみたいと思いました。

Q：なるほど。では、実体験をそのまま歌にしたものはありますか？

笹：あります。たとえば「南野陽子のホクロ思いつ自転車で塾に通いしころの夕闇」。

Q：ナンノのファンだったんですか？

笹：そう。小学校6年生の頃はナンノのブロマイドを枕の下に入れてたりして。

Q：結婚したいと思ったりとか？

笹：うん。南野さんは24歳で結婚したいと公言してたから、「その頃まだ16歳だぞ」って悩んだね。で、僕が30歳になりたてくらいの頃に、お会いできたんですよ。

Q：ナンノさんに!?　へぇ、まさに念力ですね！

笹：当時親しくしていたC-C-Bの関口誠人さんに、NHKの歌番組の収録に誘われて、そこに南野さんがいて、関口さんが南野さんを紹介してくれたんですよ。

Q：どうでしたか？

笹：いやもうRomanticが止まらなかったね。以前、南野さんがやってたラジオ番組「ナンノこれしきっ！」の話をしているうちに、不思議な感覚に陥りました。

Q：もしかして「会いたい」って20年近く念じてたんですか？

笹：それはないけど。自分の場合「会いたい」と執着しているうちは会えない。忘れた頃にふと会えるという感じかな。これ実はスプーン曲げも同じで、「曲げてやる」って強く念じてるうちは曲がらないんです。「曲がったらいいな」くらいの淡い感情でいたら、ひょいっと曲がったりするのです。執着を手放す、欲を捨てるのが奥義かと。

Q：なんの話ですか！

笹：この話、恋愛だけではなく、いろいろなことに応用できるので、ぜひお試しください。

Q：なるほど。それで『念力恋愛』なのか……。では、最後に読者のみなさまにひとこと。

笹：それでは、『念力恋愛』、水野しずさんの絵とともにお楽しみください！

百八の懸《け》想《そう》
四十の嫣《えん》然《ぜん》

うっとりと
「**別**れの**曲**」を
弾いている

男子生徒の
背を椅子に
して

みんなして

異次元ラジオを聴いたよね

卒業前夜の海のあかるさ

青春の傷は

ときどき疼くから

クレアラシルは

捨てられずある

修学旅行で

眼鏡をはずした中村は

美少女でした。それで、それだけ

積まれたる『りぼん』は雨に濡れながら朽ちてゆくのか
サトミの実家

もし君が
キエーーと奇声あげながら
ヤシの実割ったとしても　好きだよ。

星占いの
ページに見入る
少女たち

思われ
ニキビに

クリーム
のせて

激熱愛

特攻堕天使参上！

と

女暴走族《レディース》

総長からの

恋文

もう会えぬ
ペンフレンド
を想うとき

頭のなかを
よぎる流星

弁慶の最期のように耐えている
おびただしき君の毒舌の矢に

怒るときは
「だべ」って付ける
あなたから

「お別れだべ」

って言われた
あの夜

「ゆるす」という
たった3文字のパスワード
忘れていたね　朝焼けの窓

足りぬ足りぬ
足りぬ足りぬ足りぬ！

黄桜の
女河童
のような

色気が

ロングヘアー
かきあげるたび
そのうなじ
不二家ネクター
のように香った

元カレにもらったという
メガサイズのプーさん
ソファーに
ふんぞり返る

虚無僧の笠の中だけあたたかい
木枯しの駅にすすり泣く君

「坂道の
向こうに
海があるはず」

と言って
告白を
5分**遅らす**

妄想ラブレター 1

謎の説教系
オタク中年・
佐山祐樹（52歳）から
地下アイドル・
miu（19歳）へ

はろーmiu。おつかれー。えーまずは本題から。昨日のライブで披露した新曲「センチメンタル4ユー」結論から言いますと……ハイ、とてもいい曲でした。（＾＾）点数をつけるとするならば、79点。つまり……合格です（おめでとう！）。

作曲のDプ先生もいよいよ本気を出した感じ？　ただ、歌詞に関しては、ちょっと浅いんだけどね……。MCのとき「八重歯抜こっかなー？」って言ってたけど、あれはmiu一流のジョークだよね？（ジョークと言ってくれ!!）八重歯を抜くことについては、おじさん大反対。これ本気の意見なんですが、絶対残したほうがEです。八重歯の可愛いアイドルは、石野真子、河合奈保子、伊藤つかさ、佐野量子、森尾由美、そして貴女、miuに連なる系譜となっております（当社調べ）。再考を願ってやみません……。

そしてひとつ苦言を。マネージャーの神保さんに「水もってきて！」って言ったでしょ？　あれ「水もってきてください」と言わないとダメ。いくら喉渇いていたとしても、敬語使わなきゃ。神保さん、ああ見えてもうすぐ還暦の、人生の大先輩なんだし、昔は、伝説のアイドル・佐野量子ちゃんの親衛隊の上の方の人だったらしいよ。こういう態度に関する噂ってすぐに広まっちゃうから要注意。

最後にひとつ提案を。昨日のライブ会場、とにかくまわりのオタクどもが臭かった！　生乾きの洗濯物みたいな嫌な臭いが充満してた。あいつら風呂入ってないんかな……？　オイラみたいに３日に１回は風呂に入るのが最低限の礼儀だと思うわけですハイ。なので、「みんなーっ、ライブに来る前はお風呂に入ろー！」ってmiuの100万ドルの笑顔で言ってほしいんだよね。頼んだぜ。あと、miuが、アミちゃんと「私たち、プライベートでも仲がいいんだよねー」と言ったとき、「ふたりはともだちーっ!!」ってダッセえかけ声かけた奴いたでしょ？（いつもノートパソコン打ちながらワンカップ大関飲んでる奴）そのあと慌てて、オイラが「ベストフレンドmiuアンドアミーッ!!」って叫んで空気を変えたからよかったものの、あれは冷や汗ものだったよね。

え、お手柄だって？　信長なら領地をあげてる？　いえいえそんなそんな……こんなの朝飯前っす。

その代わりと言っちゃあなんですが、オイラがmiuのために作った曲「ジャンジャン恋せよ乙女模様」の歌詞を見てくれないかな？　そして、気に入ってくれたら歌ってくれないかな？　今日は歌詞しか見せられないけど、アップテンポのかっちょいい曲だから安心してください。編曲は、Ｄプに任せる予定。まぁ歌詞を見てちょ。

ちなみにオイラのペンネームは、ユーキ100％となりますですハイ。

「ジャンジャン恋せよ乙女模様」　歌・miu

作詞・作曲：ユーキ100%　編曲：Dプ

LINEの返事がない日はレイン
鳴くまで待とうよブギートレイン！

大人の顔してグルーヴィーナイト
ハメをはずしてディスコティック
陽気なふりしてハートエイク
めいっぱい騒ごうティーンズナイト！

恋する乙女はミステリー
このごろママはヒステリー
妄想まみれの一人相撲
こらえきれずにロンリーナイト！

（セリフ）
拝啓　ピタゴラス様
恋の方程式の模範解答をお授けください。アーメン……

少女のふりしてセクシーナイト
矢沢のふりしてサムバディズナイト

C調言葉の用心棒

何かが変わるよティーンズナイト！

Uh～　夏の夜のサンシャイン60《シックスティー》

水族館のライト浴びながら踊る君を見てた

踊り子たちの朝は早いから

「早く寝なよ」とミッドナイトメッセージ

担任教師に誤送信（ついてないネ！）

ジャンジャンジャガイモサツマイモ

ジャンジャン恋せよ乙女模様

ジャンジャンジャガイモサツマイモ

ジャンジャン恋せよ乙女模様

miu、どう？　気に入ってくれた？　ウン、これ歌って紅白に出ちゃいなよ。そしてオイラも印税でウハウハ。その印税による資金で、ふたりはハワイで挙式……。

なーんちゃって、これはこの間見た夢の内容……コホンコホン。正夢となるかどうかは……そう、miu（キミ）しだい。

敬具

2020年6月25日　佐山祐樹

なつかしい
CMソングを
歌うけど
ハモると
止《や》める
シャイな
きみだった

死んだふりして待つ
春の玄関でこらえきれずに
笑ってしまう

しろたえの
美穂さん
いない
ファミレスの
ブレンドコーヒー
かくまで
にがし

待ち合わせの
渋谷にきみが来ない夜は
ハチ公の霊そっと吾《あ》に寄る

ねむれない
君に小声で
きかせよう

街に魚が
降った話を

パーティーを抜け出す
ボンドガールほど
華やいでたさと老婆は言えり

弁当箱の

イチゴのような

可憐さで

工業高校に

咲く

女子生徒

君の
ママの
ママさん
コーラス隊
姿が

カメラ
ロールに
一瞬よぎる

遅刻しても
涼しい君よ

空焚きの
浴槽のごとく

われは
怒れり

ケイタイが
つながらぬ夜は
いつのまに
プラス思考の本
読んでいる

体育祭で倒れた君がよぎるたび

2つのifをめぐらせる夜

中央線に揺られる
少女の精神外傷《トラウマ》を
バターのように溶かせ夕焼け

掘り出された
土偶の
左半身と
右半身の
ように
出会った

いい音がするまで
しつこくシャウエッセン
かじり続ける君が好きだよ。

ライオンと
たわむる
ムツゴロウ氏
のごとく

両手で
顔を押さえ
キスする

君と君の
前世の村の
娘ごと
抱きしめて
いる
武蔵野の夜

ユーミンぽく
言えば
僕らの教室は
右に見える
競馬女子、
左に工場長

シャツの背に謎の落書き見つけても
怒らないよ、僕だけのバンクシー

もう恋は
終わった
んだね
深海の
魚のように
瞬くビルよ

土手をゆく金八さんに僕たちを
叱ってほしいほどの夕暮れ

ラブレターは
死語か
否かで
華やいだ
吉祥寺
デニーズ跡地
ながめる

「字がきれいな
殺人鬼だっているやろ」と
雑誌のコラムにムキになるきみ

土産屋の
少女としばし
見つめたる
海をふちどる
夜光虫の灯

いつのまにか
君の**背骨**を
撫でていた

恐竜展の
順路行くとき

言い返すのは
やめに
しとこう

ランドリーの
甘い香りの
漂いくれば

テニス部の
マドンナの靴磨きたる
邪教に嵌りしごとき
あの日々

前《さき》の世は
平安時代。

きっと君と
桜見ていた

そう、
この距離で

妄想ラブレター　2

自称セラピストの
陰謀論者・
吉田雅史（39歳）から
薬局勤務・
前川優子（24歳）へ

１週間ぶりの手紙となります。

いつも薬局で抗うつ剤を渡してくれてありがとう。優子さんの手が私の手に触れた瞬間、黄金のバイブレーションを頂きました。愛の念を込めてくれたんですね。ありがとう。

以前も手紙に書きましたけど、私、本当はうつ病じゃありませんからね。だって私、職業は心の病いとは真逆のセラピストでしょう？　だからそれっぽい演技だってお手の物なんです。町のヤブ医者を騙すなんて朝飯前。なぜそんなことをするのかって？それはですね、端的に言って、闇の勢力の目を誤魔化すための高等戦術。こうしておけば、いざという時に、「あいつは病んでるから……」といって見逃されたりもするわけです。そこまでするのかって？　いや、そこまで徹底的にやらないと、闇の勢力とは戦えないのです。

前回は、優子さんの誕生日を知ることができて、大きな大きな前進でした。というのも、凄いことがわかっちゃったんです!!３月６日生まれの優子さんと９月４日生まれの私。さて、並べてみると……？

３６９４、つまり、３６９４（ミロクの世）。これ、「アマテラスひふみコード」というらしいです。○○文書（まだ書けません）やバチカンの秘密文書によると、この誕生日の組み合わせは奇跡のカップルで、世界を救う使命があると予言されているらしいです。つまり、私とあなたが結ばれたら、世界が救われるというわけです。私が優子さんに一目惚れをしたのも、偶然ではなく、神の仕組みであったというわけです。いやはや神の世界は奥が深い……。

教えて頂いた電話番号に3回お電話しましたけど、どれもつながった瞬間切りましたね。優子さんの声、聴きたかったなぁ……。でも、うん、わかってる。イルミナティに盗聴されてるって勘づいたんでしょ？　私もこの時間帯はヤバイかな、と思ってたんだけど、油断してました。優子さん、いろいろわかってますね……。メールの返事をくれないのは、ビル・ゲイツにハッキングされることを恐れてでしょうし、フェイスブックで返事をくれないのもザッカーバーグに盗み見られる可能性があったからですね。うむ、やるなぁ優子さん。この用心深さ、私のパートナーとしてますますふさわしい。

あと、最近私がレジに行くと、急に「前川さーん」って優子さんを呼びつけて事務仕事にまわして、レジを交代する従業員の男(山城)がいるでしょう？　聡明な優子さんなら既に気づいてるとは思いますけど、彼はイルミナティのスパイです。目つきがヤバイでしょう？　私と優子さんが組んだら、どえらい抵抗勢力になるってこと、奴らはわかってるから阻止しようとするわけです。そこまでやるか……って感じだよね。フフ。交代する時に山城に見せた優子さんの作り笑顔、そして僕を睨みつける演技、素晴らしかったです。あれだけの演技力があれば女優にだってなれるかもしれません。一瞬「警察」って言葉が聞こえたけど、いくら怪しいからといって山城のことを警察に通報するのは危険です。奴ら警察庁とグルになっている可能性もあるから、逆にこっちが逮捕されることにもなりかねない。なんせ相手はイルミナティ、くれぐれも用心なさってください。

ところでいま話題沸騰中の山根ユリア先生は知ってますよね？ オリンピック延期やコロナを予言した『月刊ムー』でおなじみの霊能者。このあいだ、鑑定に行ったんです（なんと予約３か月待ち！）それで、私と優子さんの関係を視てもらったんです。そしたら、なんとなんと！ ユリア先生、わかっていらっしゃった。私と優子さんの関係の重大性を。ネットの口コミでは非常に評判の悪い先生ですけど、「あ、この人ホンモノ」と思いました。そしてもう一つ、ここに書くべきかどうか迷いましたが、意を決して書きます。なんと、私たちが１回キスすると、2000人の命が救われるらしいのです。果たしてこれがいったいどういう原理なのかさっぱり見当もつかないのですが……。これが「アマテラスひふみコード」の秘密だったのですね。こんなことを書くとセクシャルハラスメントみたいで非常に心外なのですが、実際言われてしまったし、ユリア先生からも優子さんに言うように命令されたのだから仕方がない。イザナギ・イザナミの国産みの神話も実際セクシャルなものですし、まぁ仕方がないでしょう……。

私たちの１回のKissで、2000人の命が救われるとは、責任重大ですね。この行為（修行）がめぐりめぐって、日夜、戦争屋（ディープステート）と戦っているトランプ大統領やQ軍の援護射撃になるのであれば、明日にでも実行しなくてはなりませんね（これは忙しくなるぞぅ！）。

トランプ大統領は、日本ではマスコミの印象操作で悪く言われてばかりですけど、本当は世界平和のために戦っている素晴らしい大統領なんですよ。このあたりの話は複雑だし長くなるので、いつかふたりで過ごす夜明けにでも……。

さて、話を戻しますが、私と優子さんが初めて会った時、優子さん、私が待合室で読んでいた出口王仁三郎《おにさぶろう》の歌集を見て、「面白そうな本ですね」と声をかけてくれましたよね。あの頃は闇の勢力の監視もなかったから、優子さんはいつも笑顔だった（闇の勢力よ、優子さんの素敵な笑顔を返せ!!）。その王仁三郎はこんな歌を残しています。

世の中の恋てふものをすて去れば人は岩木と変《かは》らざるべし

出口王仁三郎

そう、王仁三郎も言うように、人生において恋ほど素晴らしいものはありません。佐野元春も歌っていたでしょう。「恋をしようぜbaby　きれいな恋をmaybe」って。優子さん、きれいな恋をしよう。世界のために……。

2020年7月7日　吉田雅史

色褪せた
プリクラ纏い
思い出の
蛹のような
「写ルンです
は

動物の変な姿を
「いいね」しても
僕には返事を
くれない月曜

あの**夏**の
石段の上

僕の**背**を**押**した
少女よ

どうして
ますか

桃太郎の顔出しパネルに顔を出す

元カレの写真見てしまいたり

南野陽子の
ホクロ思いつ
自転車で
塾に通いし
ころの
夕闇

ごろごろと石の貨幣をころがして

君に届けた前前前……世

風水を
浴びすぎた君
と諍いて
黄色まみれ
の部屋を
でてゆく

赤電話に

十円玉の
落ちる音

おぼえてますか
金木犀よ

放課後の
校舎のような
冷たさで

きみが
ルージュを
ひく
春の夜

じょんがら節
ひびく鮮魚の
売り場にて
またトラウマを
語りだすのか

甘え下手の
きみが
甘えるとき
に使う

おままごと
みたいな
オノマトペ

マドンナの脇毛さやかになびきたる

二十年《はたとせ》前の夏期講座あわれ

めくるめく

カメラロールの最後には

おばあちゃんの

君が微笑む

だろう

郵便はがき

料金受取人払郵便

代々木局承認

6948

差出有効期間
2020年11月9日
まで

1518790

203

東京都渋谷区千駄ヶ谷4-9-7

(株)幻冬舎

書籍編集部宛

1518790203

ご住所 〒

都・道
府・県

フリガナ
お名前

メール

インターネットでも回答を受け付けております
http://www.gentosha.co.jp/e/

裏面のご感想を広告等、書籍のPRに使わせていただく場合がございます。

冬舎より、著者に関する新しいお知らせ・小社および関連会社、広告主からのご案
を送付することがあります。不要の場合は右の欄にレ印をご記入ください。

不要 □

本書をお買い上げいただき、誠にありがとうございました。
質問にお答えいただけたら幸いです。

◎ご購入いただいた本のタイトルをご記入ください。

『　　　　　　　　　　　　　　　　　　　　　　　　』

★著者へのメッセージ、または本書のご感想をお書きください。

●本書をお求めになった動機は？

①著者が好きだから　②タイトルにひかれて　③テーマにひかれて
④カバーにひかれて　⑤帯のコピーにひかれて　⑥新聞で見て
⑦インターネットで知って　⑧売れてるから／話題だから
⑨役に立ちそうだから

生年月日	西暦　　　年　　月　　日（　　歳）男・女			
ご職業	①学生	②教員・研究職	③公務員	④農林漁業
	⑤専門・技術職	⑥自由業	⑦自営業	⑧会社役員
	⑨会社員	⑩専業主夫・主婦	⑪パート・アルバイト	
	⑫無職	⑬その他（　　　　　　　　　　）		

このハガキは差出有効期間を過ぎても料金受取人払でお送りいただけます。
ご記入いただきました個人情報については、許可なく他の目的で使用することはありません。ご協力ありがとうございました。

コックリさんが
帰ってくれない放課後の
夕陽に咲いている少女たち

春風を
まとう恋文
呑み込んで

きらめく
ポストの
銀のくちびる

怒る君が
バッグのチャックを
閉めたとき
猫の悲鳴の音して
夜明け

クーラーが
きついときだけ
羽織ってる

あの
カーディガン、
普段着に
せよ

呆然と見送るだけさ　春先の
フェアレディのなかに
消えゆくきみを

ふりむけば
タイム・リープの少女いる

渡り廊下は
ひかりにみちて

ドラキュラの服

着たきみに血を吸われ

そのまま死んでもいいハロウィーン

ベネチアの
運河にイルカが
戻るごと

ふたたび
君を包み
込みたい

憧れの山田先輩念写して
微笑む春の妹無垢なり

廃駅のまえで手を振る
きみがいた
高校2年の
夏の陽炎

ころころと
笑えるでしょう
水着から

塩素の匂い
抜ける頃
には

サイコパス映画の
序盤で殺される
カウンセラー
のように
フラれて

元春を聴きつつ嘆く

密教の法をかけても変わらない君

君がくれた
インド歌謡曲
セレクション
どれが
どれだか
区別が
つかない

妄想ラブレター　3

家事手伝い・
永山栄子（45歳）から
人気アイドルグループ
「ポッピン5」のメンバー・
錦聖也（26歳）へ

ねぇ、聖也、眠れないんだけど……。

ミュージックステーションで「ファンキーナイト2020」を歌うキミがセクシーすぎたからだゾ。あー、もうやんなっちゃう。体が火照って眠れない。

もう、こんなおばちゃんたぶらかしてどーすんの!?　ったくもうキミは。反省なさいっ!!(爆)

マイケル冗談(ジョーダン)はさておき、聖也、『Myojo』のインタビューで「年上が好き」って言ってたよね？　私、45歳なんだけど、年上すぎるかなー。でも杉本彩に似てるって言われることもあるのよ(杉本彩さんの全盛期の写真を入れておくネ)。水泳もやってるから、肉体年齢は若いんじゃないかな？　よく20歳くらいに見えるって言われるし(あ、これ自慢じゃないよ)。

聖也と私、年の差は19だけど。そのくらいの年齢差の夫婦、海外じゃふつうだよ。「賢者は年上を娶《めと》る」ってことわざがあってね。ロシアのだったっけな……。あれ本当らしい。たとえば、世界のイチロー。彼も奥さんが年上。流石、超一流の男は、そのへんわかってるよな～。そう、世界を目指す男の奥さんはだいたい年上なのよ。豊富な人生経験と女の勘で、ここぞという時に冷静かつ的確なアドバイスができるからじゃないかな。聖也は優柔不断だから、怪しい占い師に洗脳されたりしないかっていつも心配してる。私がついてたら、頼もしいよ。なんかあったら事務所と喧嘩してでも聖也のことを守る自信があるの。

新型コロナの自粛生活で不安でしょ？　こんなとき私がそばにいてあげられたらなぁっていつも思ってるよ。すぐに飛んでいけなくてゴメンネ。自粛生活の運動不足で私はちょっと太っちゃったけど、来年の横浜アリーナまでには痩せるから許してね。今度は何回、目が合うかな？　でも、あんまり私のことばっか見ちゃダメだゾ。そろそろオタクたちに気づかれるから……。

あ、いま部屋にかかってるBGMはビリー・ジョエルの「オネスティ」。

今日はジンライムのアルコールの勢いを借りて書いちゃうけど……

聖也、ソロになっちゃいなよ。

怒らないで読んでね……。

聖也のポッピン5での役割はもう終わったと思うの。もう十分役割を果たしたって……。ソロになりたがってるって話、『サイゾー』7月号で読んだよ。

ポッピン5のメンバー、リュウはブサイクで、ほんとにサニーズアイドルなの？　って感じだし、ヤスヒロは頭悪すぎて小学生レベルの漢字も読めないし、YOSHIは女癖悪すぎるし（2年以内に事務所をクビになるに1票）、翔太は変な宗教やってるし、いちばんがんばってる聖也は、足を引っ張られてばかり……。こんなところに聖也がいる意味ないって。このままいたらダメになる。腐っちゃう。きっと私以外のポッパーもそう思ってるはずだよ。

もう一度言うよ。

ソロになっちゃいなよ。

あ、サニーさんの口調ぽくなっちゃったね。思い出しちゃうよね。ごめん……。

サニーさん残念だったね。聖也はサニーさんの最後の愛弟子だったものね……。ドキュメント番組とかで、ポッピンらを指導するサニーさんを見たことあるけど、聖也のことばかり見てたもの。リュウやヤスヒロのことなんて「ユーは誰だっけ？」なんて言って、あれは冗談にしてもひどかった(爆)。

こんなおちゃらけた手紙を書くのも聖也を元気にしたい一心だって、わかってあげてください(あー、自分で言うなバカバカ)。

でもサニーさん、天寿を全うしたと思うよ。そして、いつも聖也のことを見守ってるはずだよ。あー、もう、グラスのジンライムが温くなっちゃったよ……。

ところで聖也、私のこともっと知りたいよね？　そんなキミのために、ジャジャーン!!　小学校の卒業記念で書いた「生い立ちの記」のコピーを同封しちゃいます！　生まれた時から小学校6年生の時までのいろいろなエピソードが網羅されているゾ。ちょっと分厚いけど、がんばって読破してね。ア〜ンド、その後の人生を小説風に綴った自伝を同封しておきます。原稿用紙200枚の力作だけど、読んでくれたらうれしいな。栄子入門初級編だよ。

　さて、いよいよ本題。

　結論から言うよ。聖也、キミは私がいないとダメなのだ。同封の婚姻届に捺印しておいたから。はい、さっさと判を押して返送するのですゾ。

　聖也、犬が大好きだったよね？　私と一緒に暮らしたら、もれなくトイプードルのショコラちゃんがついてきま〜す！　ショコラの写真も同封しておくね（早く会いたいワン！）。

　先に決めておきたいんだけど、豪華披露宴のテレビ中継とかはしたくありません。そういうの時代遅れだから。地味にお互いの家族や親友だけを呼んで、ハワイで挙式なんていいんじゃない？聖也、素敵な家庭を築こうね！

2020年8月3日　永山栄子

夕闇に
まぎれて
君が
お屋敷の
玄関に
ひゅんと
消えるのを見た

泡盛で眠剤二粒呑みこんで

痛みの夜を早送りする

ふられ男《お》の
激しき無念
吸い取って
ますます冴える
きみの
美貌は

古本の少女漫画にはさまれし
郵送未遂のレター哀しき

あわれ

かの

美少女は

喰われ

港町のきらめき

をボクは

吸いこむのだ

君からの
メールがなくていまこころ
平安京の闇より暗し

ガーベラを部屋に飾れる
うしろ姿が
フェルメール
彼方
の**右手**を起こす

電話帳ちぎる
レスラー
思いつつ

おまえの
手紙を
破っているぞ

ラブレター
読まずに破く
レイコかな

冬の
プールに浮く
金魚たち

学園祭の
お化け屋敷のどさくさに
君にキスした野郎は僕だ

ドン・キホーテの
ウツボが
右に泳いだら
告白する
と決めていた
夏

小6の君のおとうとの怪談が
意外に怖い祭りの帰り

君は春樹（村上）

僕は春樹（角川）

を読んでいる。

長すぎる

梅雨に沈む

小部屋で

腹話術人形使って弟が
われの恋する人を暴露す

ラーメン・オブ・
ザ・イヤーの
ラーメン
食べるときに
緊張してた
君が
好きだよ。

夕焼けの涙
でしょうか
電柱の根に冷えている
ピアスの粒は

海行きの
夜行列車に
揺られつつ

あの日の
記憶を
闇に浄めて

外灯に両手を伸ばし
「ＵＦＯに吸われる！」と言う
君が好きだよ。

撤去された
赤いポストは

溶かされる

昭和の
恋の残滓
もろとも

これからと
告げていたのに右手伸ばし
「猿の惑星」のオチを言うきみ

メタボ腹

つまんで

君を

あきらめる

祭りの**夜**の

うす灯りかな

「エル・トポ」を
デートで観たる失敗を
じょじょに薄めるための
叙々苑

指切りの指のほどける
つかのまに
約束蜂の
針がきらめく

高校生カップルの削るロングパフェに隠れ給える誕生釈迦像

弥勒にも
見えるときあり
写真《うつしえ》の

寺社を
めぐれる
君の横顔

とうとつに
別れを告げられライオンの
牙に玉の緒ちぎられたよう

黒板に
書かれしうわさ
華やいで

美人教師は
今日無口
なり

妄想ラブレター　4

貿易会社会長・
鬼塚平八（90歳）から
キャバクラ嬢・
紗英（22歳）へ

戦友会の後、萩山少尉にむりやり連れられ、「プレジャー」に入店した鬼塚平八と申します。あの日は、したたかに酩酊してしまったため、大声で「ラバウル小唄」を唄ってしまったり、破廉恥な客を怒鳴りつけて、他の客を驚かせてしまったりで、失礼仕った。

しかし、紗英殿は、竜宮城の乙姫様と見紛うほどの神秘的な美しさでありました。翌朝、鞄の中に玉手箱がないか探してしまいましたが、果たして無くてほっとしたのであります。

もしや紗英殿は、昭和十七年十月のあの日、わしの夢に現れた女神ではありませぬか？

ガダルカナル島のジャングルで、栄養失調でロクに体も動かせぬ中、大ムカデやサソリ、赤痢にマラリア、デング熱に怯えながら眠った時に夢の中に現れたあの女神は、今にして思えば紗英殿だったのかもしれません。

あの夢によって精気を取り戻したわしは、ヘビやトカゲを捕まえては食べ、なんとか生き延びたのであります。ですから、わしは、時空を超えて夢に現れた紗英殿に命を救われたのやもしれませぬ。この御礼はしっかりとしなければ、わしの気が済まないのであります。

ところで、紗英殿がいない時の助っ人で付いたミウという娘さんから、紗英殿がホストクラブに通っているという話を耳にし、わしは大変心配になりました。

紗英殿、貴女ほどの麗しい娘さんが、ホストなどという獣のようなオスガキ共と関わってはなりません。ああいう所には、おなごをたぶらかすことだけには長けた軟弱な女の腐ったような輩しかおりませぬぞ。

もしそういったホスト族の輩がわしの前に現れたら、「貴様それでも日本男児か!!」と活を入れて、日本刀で一刀両断にしてやるでしょう。

紗英殿、そなたは美しく心優しき大和撫子じゃ。キャバレークラブの酌婦の仕事など一日も早く辞めるのがよろしい。「プレジャー」の支配人には、わしが話をつけておく。場合によっては、裏社会の男を使ってでも話をつけましょう。どうかこのわしにお任せください。

しかし、「プレジャー」の酌婦たちは、接客中も携帯電話ばかり見ていて、時に画面に指をすべらせて、すべらかな感触を楽しんでおって、まったく貴重な時間がもったいない。あんな時間があったら、文芸書の一冊も読破できるというのに……。

紗英殿は読書はお好きか？　短歌なぞは如何ですか？　短歌は日本文化の粋。短歌の持つ余白の美学がわかれば、あらゆる日本文化への理解が容易《たやす》くなりますぞ。

わしは、出兵中、ガダルカナルのジャングルで北原白秋の『桐の花』のページをめくっては、日本にいる家族やおなごや自然を恋しく思い出したものじゃ。白秋先生の名歌を思いつくまま四首紹介する。

草わかば色鉛筆の赤き粉のちるがいとしく寝て削るなり
君かへす朝の舗石さくさくと雪よ林檎の香のごとくふれ
ヒヤシンス薄紫に咲きにけりはじめて心顫ひそめし日
どくだみの花のにほひを思ふとき青みて迫る君がまなざし

嗚呼、青春の香気よ！　色彩よ！　若き血潮よ！

そうであったか！　青みて迫るまなざしの主は、紗英殿であったか！　なんという運命のいたずら……。

さて、本題に入る。

紗英殿、わしの秘書になってはくれぬか。

わしは、鬼塚商事という自動車の部品の輸出をしている会社の会長をやっておる。キャバレークラブの酌婦なんぞ今すぐ辞めて、わしの秘書になりなさい。なに、仕事はとても簡単じゃ。心配は御無用。

二年前に死んだ女房の幸枝は、生前、くだらぬ心配で、これまで何人もの秘書を追い出しおったが、紗英殿のような大和撫子であれば、冥界の幸枝も喜ぶじゃろう。まずは、手付金として十五万円を同封致す。どうかご笑納くだされ。

実は、わしは明星系の歌人でもある。筆名はここでは伏せましょう。私の代表作をここに書き記します。主に戦争体験と女人の神秘をテーマに歌を詠んでおります。よかったら代表作をご覧頂きたい。

空襲の夜の紅《くれない》にさざめきぬ一升瓶の底の米たち
崖際にぎりぎり留まる戦車の上《え》の空にひろがる原節子の笑み
まるまると太ったヤブ蚊飛んできてガダルカナルからきたと囁く
またひとり減りゆく戦友会の夜の料亭に降る荒城の月

最後に、牧水の名歌をそなたに捧げましょう。

ああ接吻《くちづけ》海そのままに日は行かず鳥翔《ま》ひながら死《う》せ果てよいま
若山牧水

それでは、良き返事を期待しています。

令和二年八月十五日　　鬼塚平八

ファムファタル

気分で**俺を**
捨てるのか

ネオンの
赤さえ
着飾り、君は

見てはいけなかったものの一つにて
滝行姿の君の写真《うつしえ》

いつまでも
子供でいなよ
夕ぐれの
窓に置かれた
チェリー
ボンボン

自転車の
車輪にからまる
蔦のごと

束縛しあった
あの夏の
日々

黒猫とともに
石段駆け降りる
漫画のような
きみがいた
夏

Ｃ組の霊感少女のタロットが
夕風に舞い夕闇に消ゆ

恐竜を
組み立てる間の
告白も
未遂に終わる
学祭の夢

「大丈夫」の言霊増せよと
念じつつ
きみのあたまを
撫でていたんだ

めくるめく
めくれるスカート
B型の
美少女
といた
春のベンチに

治安悪い国を観光するように

僕の左《ひだり》腕にしがみついたね

［解説］石黒謙吾

ひっそり恋しく
慕い輝く108の星団
妖しくも艶やかに
微笑む40の恒星

「プリンに醤油かけるとウニ」という食べ物ネタがありましたが、「火鍋にカツカレーぶっ込んだら天ざる」のような質感の本にしたいと考えました。タイトルから着想し、笹さんに提案したのが2015年。短歌界の第一人者に失礼かと思いながらも、歌集としてはありえない「歌を横組みに、かつ大胆に文字の大小や色、語句の字切りも付けた本を作らせて頂けますか」という希望を出して。数日ののち「覚悟を決めました。お任せします」とお返事頂いた時、笹銀河を内包する短歌宇宙のビッグバンは始まりました。

笹さんに初めてお会いしたのは、第一歌集『念力家族』が上梓された直後の2003年。何度かプロデュース＆編集したいと動いたものの成立に至らず、実現＝初めてのご一緒まで17年かかってしまいましたが、それだけに刊行に至ったこと、嬉しさひとしおです。

水野しずさんには、2013年に僕が荻窪の「６次元」で毎月やっていたトークイベントに来てくれた際に初めて会いました。『しずカード大全』というZINEを見た時の衝撃たるや。ぱらぱら見て「天才だね……」と呟いた瞬間をはっきり覚えています。

笹さんの既刊でイメージが固まっている言葉「念力」は活かしつつ、ベッタベタに「恋愛」をアプリのようにマッチングさせたのは、ふだん短歌に目が向いていない人たちに、笹作品の魅力を広めたいとの狙いから。2017年に突然、しずちゃんに絵を描いてもらおうと閃くと、笹さんも快諾で、ここで惑星直列が起こりました。

おおよそクリエイションの基本として「内容に沿う」という手法が用いられるわけですが、そこに縛られていると、火鍋にカツカレーをぶっ込む発想になかなか届かない。そこは戒めとして携えていたいことですから、奇才お二人の劇薬同士（失礼しました）の化学反応によって、強いエネルギー、強烈な光、が放たれるはずと考えました。

百八の懸想《けそう》、四十の嫣然《えんぜん》。

この笹銀河には、けっして狂恋邪恋ではなく、ひっそり恋しく慕い輝く108の星団（短歌）が存在します。そこに煌めくのは、妖しくも艶やかに微笑む40のしず恒星（絵）。

いまこの銀河を眺めているあなたが、きゅんと心ひきつる放課後という自己銀河へ、ワープし、そしてタイムトラベルできますように。

［おわりに］

恋のお守り

笹 公人

笹 公人（以下・笹）：いかがでしたか？

インタビュアー（以下・Q）：たっぷり笑かして頂きました。ところで、水野しずさんの絵との相乗効果が凄かったですね。このコンビを思いついたのは誰ですか？

笹：これもやはり石黒さんのアイディアです。「絵は水野しずさんでいきたい」と言われて、すぐにグーグルで検索してみたら、刀を持ったカラフルな怨霊みたいな絵が出てきて、ヤバイけどおもしろい!!　と思いました。自分だったら絶対に思いつかない組み合わせです。「混ぜるな危険」を混ぜちゃった感じがあります。

Q：水野しずさんと会った印象は？

笹：なんとなく、卑弥呼の娘ってこういう人だったんじゃないか？と思いました。

Q：卑弥呼の娘！　卑弥呼じゃなくて壱与《いよ》のほうですか……！　この本の絵を最初に見た時はどう思いましたか？

笹：いやもう爆笑しましたね。絵を見て爆笑したことって数えるほどしかないから、自分でもびっくりしました。落ち込んでる時とか、この本を読もうと思います。

Q：たしかに、笑えるし、どこか癒やされる不思議な絵ですね。

笹：そう。それに妙なパワーがある。この本には、恋を応援する力と失恋を癒やす力の両方が宿っているかもしれません。この本が、みなさんの恋のお守りになれたら幸いです。

Q：幻冬舎で本を出すのは15年ぶりとなるそうですが。

笹：そう。『念力図鑑』以来です。ほかにも幻冬舎の「わしズム」や「星星峡」でも連載を持たせて頂いていたので、懐かしい故郷に帰ってきたような感覚です。

Q：最後に、関係者と読者のみなさんにひとことお願いします。

笹：石黒謙吾さん、水野しずさん、幻冬舎の菊地朱雅子さん、デザイナーの吉田考宏さん、タイトなスケジュールのなか素晴らしい本にしてくださり、誠にありがとうございました。そして、読者のみなさま、読んでくださって本当にありがとうございました。最後に、大林宣彦監督の、この名言をお贈りします。

ひとがひとを恋うるとき、
ひとは誰でもさびしんぼうになる

甘え下手のきみが甘えるときに使うおままごとみたいなオノマトペ
マドンナの脇毛さやかになびきたる二十年《はたとせ》前の夏期講座あわれ
めくるめくカメラロールの最後にはおばあちゃんの君が微笑むだろう
コックリさんが帰ってくれない放課後の夕陽に咲いている少女たち
春風をまとう恋文呑み込んできらめくポストの銀のくちびる
怒る君がバッグのチャックを閉めたとき猫の悲鳴の音して　夜明け
クーラーがきついときだけ羽織ってるあのカーディガン、普段着にせよ
呆然と見送るだけさ　春先のフェアレディのなかに消えゆくきみを
ふりむけばタイム・リープの少女いる渡り廊下はひかりにみちて
ドラキュラの服着たきみに血を吸われそのまま死んでもいいハロウィーン
ベネチアの運河にイルカが戻るごとふたたび君を包み込みたい
憧れの山田先輩念写して微笑む春の妹無垢なり
廃駅のまえで手を振るきみがいた高校2年の夏の陽炎
ころころと笑えるでしょう水着から塩素の匂い抜ける頃には
サイコパス映画の序盤で殺されるカウンセラーのようにフラれて
元春を聴きつつ嘆く　密教の法をかけても変わらない君
君がくれたインド歌謡曲セレクションどれがどれだか区別がつかない
夕闇にまぎれて君がお屋敷の玄関にひゅんと消えるのを見た
泡盛で眠剤二粒呑みこんで痛みの夜を早送りする
ふられ男《お》の激しき無念吸い取ってますます冴えるきみの美貌は
古本の少女漫画にはさまれし郵送未遂のレター哀しき
あわれかの美少女は喰われ港町のきらめきをボクは吸いこむのだ
君からのメールがなくていまこころ平安京の闇より暗し
ガーベラを部屋に飾れるうしろ姿が彼方フェルメールの右手を起こす
電話帳ちぎるレスラー思いつつおまえの手紙を破っているぞ
ラブレター読まずに破くレイコかな　冬のプールに浮く金魚たち
学園祭のお化け屋敷のどさくさに君にキスした野郎は僕だ

ドン・キホーテのウツボが右に泳いだら告白すると決めていた　夏
小6の君のおとうとの怪談が意外に怖い祭りの帰り
君は春樹（村上）僕は春樹（角川）を読んでいる。長すぎる梅雨に沈む小部屋で
腹話術人形使って弟がわれの恋する人を暴露す
ラーメン・オブ・ザ・イヤーのラーメン食べるときに緊張してた君が好きだよ。
夕焼けの涙でしょうか電柱の根に冷えているピアスの粒は
海行きの夜行列車に揺られつつあの日の記憶を闇に浄めて
外灯に両手を伸ばし「UFOに吸われる！」と言う君が好きだよ。
撤去された赤いポストは溶かされる昭和の恋の残滓もろとも
これからと告げていたのに右手伸ばし「猿の惑星」のオチを言うきみ
メタボ腹つまんで君をあきらめる祭りの夜のうす灯りかな
「エル・トポ」をデートで観たる失敗をじょじょに薄めるための叙々苑
指切りの指のほどけるつかのまに約束蜂の針がきらめく
高校生カップルの削るロングパフェに隠れ給える誕生釈迦像
弥勒にも見えるときあり写真《うつしえ》の寺社をめぐれる君の横顔
とうとつに別れを告げられライオンの牙に玉の緒ちぎられたよう
黒板に書かれしうわさ華やいで美人教師は今日無口なり
ファムファタル気分で俺を捨てるのかネオンの赤さえ着飾り、君は
見てはいけなかったものの一つにて滝行姿の君の写真《うつしえ》
いつまでも子供でいなよ　夕ぐれの窓に置かれたチェリーボンボン
自転車の車輪にからまる蔦のごと束縛しあったあの夏の日々
黒猫とともに石段駆け降りる漫画のようなきみがいた夏
C組の霊感少女のタロットが夕風に舞い夕闇に消ゆ
恐竜を組み立てる間の告白も未遂に終わる学祭の夢
「大丈夫」の言霊増せよと念じつつきみのあたまを撫でていたんだ
めくるめくめくれるスカート　B型の美少女といた春のベンチに
治安悪い国を観光するように僕の左腕《ひだり》にしがみついたね

うっとりと「別れの曲」を弾いている　男子生徒の背を椅子にして

みんなして異次元ラジオを聴いたよね卒業前夜の海のあかるさ

青春の傷はときどき疼くからクレアラシルは捨てられずある

修学旅行で眼鏡をはずした中村は美少女でした。それで、それだけ

積まれたる『りぼん』は雨に濡れながら朽ちてゆくのかサトミの実家

もし君がキエーーと奇声あげながらヤシの実割ったとしても　好きだよ。

星占いのページに見入る少女たち　思われニキビにクリームのせて

激熱愛特攻堕天使参上！と女暴走族《レディース》総長からの恋文

もう会えぬペンフレンドを想うとき頭のなかをよぎる流星

弁慶の最期のように耐えているおびただしき君の毒舌の矢に

怒るときは「だべ」って付けるあなたから「お別れだべ」って言われたあの夜

「ゆるす」というたった3文字のパスワード忘れていたね　朝焼けの窓

足りぬ足りぬ足りぬ足りぬ！黄桜の女河童のような色気が

ロングヘアーかきあげるたびそのうなじ不二家ネクターのように香った

元カレにもらったというメガサイズのプーさんソファーにふんぞり返る

虚無僧の笠の中だけあたたかい木枯しの駅にすすり泣く君

「坂道の向こうに海があるはず」と言って告白を5分遅らす

なつかしいＣＭソングを歌うけどハモると止《や》めるシャイなきみだった

死んだふりして待つ春の玄関でこらえきれずに笑ってしまう

しろたえの美穂さんいないファミレスのブレンドコーヒーかくまでにがし

待ち合わせの渋谷にきみが来ない夜はハチ公の霊そっと吾《あ》に寄る

ねむれない君に小声できかせよう街に魚が降った話を

パーティーを抜け出すボンドガールほど華やいでたさと老婆は言えり

弁当箱のイチゴのような可憐さで工業高校に咲く女子生徒

君のママのママさんコーラス隊姿がカメラロールに一瞬よぎる

遅刻しても涼しい君よ　空焚きの浴槽のごとくわれは怒れり

ケイタイがつながらぬ夜はいつのまにプラス思考の本読んでいる

体育祭で倒れた君がよぎるたび2つのｉｆをめぐらせる夜

中央線に揺られる少女の精神外傷《トラウマ》をバターのように溶かせ夕焼け

掘り出された土偶の左半身と右半身のように出会った

いい音がするまでしつこくシャウエッセンかじり続ける君が好きだよ。

ライオンとたわむるムツゴロウ氏のごとく両手で顔を押さえキスする

君と君の前世の村の娘ごと抱きしめている武蔵野の夜

ユーミンぽく言えば僕らの教室は右に見える競馬女子、左に工場長

シャツの背に謎の落書き見つけても怒らないよ、僕だけのバンクシー

もう恋は終わったんだね深海の魚のように瞬くビルよ

土手をゆく金八さんに僕たちを叱ってほしいほどの夕暮れ

ラブレターは死語か否かで華やいだ吉祥寺デニーズ跡地ながめる

「字がきれいな殺人鬼だっているやろ」と雑誌のコラムにムキになるきみ

土産屋の少女としばし見つめたる海をふちどる夜光虫の灯

いつのまにか君の背骨を撫でていた恐竜展の順路行くとき

言い返すのはやめにしとこうランドリーの甘い香りの漂いくれば

テニス部のマドンナの靴磨きたる邪教に嵌りしごときあの日々

前《さき》の世は平安時代。きっと君と桜見ていた　そう、この距離で

色褪せたプリクラ纏い思い出の蛹のような「写ルンです」は

動物の変な姿を「いいね」しても僕には返事をくれない月曜

あの夏の石段の上僕の背を押した少女よ　どうしてますか

桃太郎の顔出しパネルに顔を出す元カレの写真見てしまいたり

南野陽子のホクロ思いつ自転車で塾に通いしころの夕闇

ごろごろと石の貨幣をころがして君に届けた前前前……世

風水を浴びすぎた君と諍いて黄色まみれの部屋をでてゆく

赤電話に十円玉の落ちる音おぼえてますか金木犀よ

放課後の校舎のような冷たさできみがルージュをひく春の夜

じょんがら節ひびく鮮魚の売り場にてまたトラウマを語りだすのか

PROFILE

笹 公人（ささ きみひと）

歌人

1975年生まれ 東京都出身 ｜ 「未来」選者。現代歌人協会理事。「牧水・短歌甲子園」審査員。大正大学客員准教授。歌集に、NHK Eテレにて連続ドラマ化された『念力家族』（朝日文庫）、『念力図鑑』（幻冬舎）、『抒情の奇妙な冒険』（早川書房）、『念力ろまん』（書肆侃侃房）。バラエティ作品集『念力姫』（ベストセラーズ）、『念力レストラン』（春陽堂書店）。エッセイ集『ハナモゲラ和歌の誘惑』（小学館）。絵本『ヘンなあさ』（本秀康・絵／岩崎書店）。共著『遊星ハグルマ装置』（朱川湊人／日本経済新聞出版）、『連句遊戯』（和田誠／白水社）、『連句日和』（和田誠、俵万智、矢吹申彦／自由国民社）。編著『王仁三郎歌集』（出口王仁三郎・著／太陽出版）など、刊行書籍多数。

水野しず（みずの しず）

イラストレーター／コンセプトクリエイター

1988年生まれ 岐阜県出身 ｜ 実家は日本酒「三千盛」の酒蔵。武蔵野美術大学造形学部映像学科中退。在学中は主にイラスト、アニメーションを制作。講談社主催のオーディション「ミスiD 2015」でグランプリ受賞。以降、イラスト・執筆以外に、映像やイベント出演などにも活動の幅を広げる。

STAFF

短歌・文……………………笹 公人
絵…………………………水野しず
企画・プロデュース・編集‥石黒謙吾
デザイン…………………吉田考宏
編集…………菊地朱雅子（幻冬舎）

念力恋愛

2020年10月10日　第1刷発行

著者
笹 公人、水野しず

発行人
見城 徹

編集人
菊地朱雅子

発行所
株式会社 幻冬舎
〒151-0051東京都渋谷区千駄ヶ谷4-9-7
電話　03（5411）6211（編集）
03（5411）6222（営業）
振替　00120-8-767643

印刷・製本所
株式会社 光邦

検印廃止

Printed in Japan　ISBN978-4-344-03680-2　C0092

幻冬舎ホームページアドレス　https://www.gentosha.co.jp/
この本に関するご意見・ご感想をメールでお寄せいただく場合は、
comment@gentosha.co.jpまで。

JASRAC 出 2007215-001